Geronimo Stilton

UN SANT JORDI DE BIGOTIS

Estrella Polar

Textos de Geronimo Stilton
Coordinació del text de Beniamino Sidoti, *amb la col·laboració d'*Alessandra Berello *i* Chiara Richelmi *(Atlantyca S.p.A.)*
*Il·lustracions d'interior d'*Andrea De Negri *(disseny i tinta) i* Christian Aliprandi *(color)*
Coberta de Giuseppe Ferrario *(dibuix i tinta) i* Christian Aliprandi *(color)*

*Projecte editorial d'*Edizioni Piemme S.p.A.
Coordinació artística de Tommaso Valsecchi
Disseny gràfic de Marta Lorini

Títol original: *Un Sant Jordi stratopico*
Traducció de David Nel·lo
*Idea original d'*Elisabetta Dami

www.geronimostilton.cat

International rights @ Atlantyca S.p.A.
Via Leopardi, 8 -20123 Milà – Itàlia
www.atlantyca.com - foreignrights@atlantyca.it

Grup Editorial 62, s.l.u., Estrella Polar,
Pedro i Pons, 9-11, 08034 Barcelona
www.estrellapolar.cat
info@estrellapolar.cat

Primera edició: març del 2014
Fotocomposició: Víctor Igual, s.l.
Impressió: Egedsa
Dipòsit legal: B.3.627-2014
ISBN: 978-84-9057-386-0

UN POETA... IMPREVIST!

Era un dia d'ABRIL d'aquells perfectes i jo havia anat al meu despatx ben d'hora per aprofitar la pau i el silenci de bon matí.

Fora de la finestra el vent movia delicadament les fulles dels arbres i els ocellets piulaven ben contents.

Tot respirava una tranquil·litat perfecta.

Ai, perdoneu-me, que encara no m'he presentat.

El meu nom és Stilton, *Geronimo Stilton*, i dirigeixo *L'Eco del Rosegador*, el diari més famós de l'Illa dels Ratolins.

Doncs, com us deia, estava **treballant** ben tranquil, quan la porta es va obrir de sobte i va entrar un rat, suposo que honrat, que anava vestit amb un LLENÇOL blanc i una corona de fulles al cap.

Vaig fer un salt a la cadira.

Escarritx!

Després me'l vaig mirar millor i el vaig reconèixer: no era altre que el meu cosí **MARTIN GALA!**

Però per què anava vestit d'aquella manera?

—Bon dia, cosinet! Aquest matí he menjat un **entrepà** abans de venir.

—Em sembla molt bé, Martin Gala... —li vaig respondre.

—Fa aires de primavera i jo he iniciat una nova CARRERA!

—Ah, em sembla molt interessant, però... —vaig balbucejar, confós amb tants rodolins.

—Conec totes les rimes de la A a la Z, i des d'avui he decidit que faré de *poeta!*

Vaig sospirar.

Per què, per què sempre me'n passen de tots colors, a mi?

Ara que, no hi ha res a fer, Martin Gala és així, quan fica la banya en un forat no hi ha manera de fer-lo canviar de parer!

Perquè la veritat és que... diria que no serveix gaire per a la poesia!

—Per fi un artista de debò a la família —va exclamar tot convençut—. Avui em sento inspirat! Escolta bé, cosinet: «Hi ha una oreneta a la teulada...».

Vaig sospirar un altre cop.

En aquell moment va sonar el telèfon. Per mil formatges de bola, només em faltava això!

Com enyorava el silenci d'una estona abans!

Vaig alçar l'auricular i... els bigotis em van començar a tremolar d'emoció!

Era Ratèsia Ratalons de Ratmann, l'esplèndida, atractiva, extraràtica directora de la Biblioteca de Barcelona!

I volia parlar amb mi, sí, justament amb mi!

Mentrestant, però, Martin Gala continuava declamant els seus versos.

–*El meu estimat cosí / és més agut que un filaberquí!*

I com que ell no parava de bramar-me al costat de l'orella, no hi havia manera d'entendre **res!**

NOM: Ratèsia Ratalons de Ratmann

QUI ÉS: La directora de la Biblioteca de Barcelona.

COM VA CONÈIXER GERONIMO: El va convidar fa un any per a la Fira del Llibre a Barcelona, amb tota la seva família.

TRETS PARTICULARS: Encantadora! A Geronimo li vibren els bigotis d'emoció cada vegada que la veu, li parla o quan sent el seu nom!

—Sí, Ratèsia... digues? Has dit un *concurs de poesia?*

Vaig fer un gest a Martin Gala perquè callés. En comptes de fer-me cas, em va **ARRENCAR** el telèfon de la pota!

Va escoltar el que li deia Ratèsia (i que m'hauria d'haver dit a **Mi!**) i va fer un cop d'assentiment amb el cap.

Al final només vaig sentir que deia:

—Sí, i tant! Però jo també vindré!

I sense afegir res més, va penjar.

Vaig exclamar exasperat:

—Per mil formatges de bola, per què has penjat, Martin Gala? Ratèsia volia parlar amb **Mi!**

—Doncs, ves per on, m'hauries de donar les gràcies! Ben aviat podràs parlar-hi cara a cara! —em va respondre tot content—. Prepara't, cosí! Marxem cap a Barcelona!

Els Jocs Florals ens esperen!

ELS JOCS FLORALS

Com que va veure que jo me'l mirava **fixament**, Martin Gala va començar a donar-me empentes.

—Ratèsia m'ha dit que a **Barcelona** hi ha un concurs de poesia importantíssim! I el guanyaré jo, n'estic convençut! I tu seràs a **PRIMERA FILA** per aplaudir-me, cosí!

—Ni parlar-ne! Jo no penso anar-hi! Estic **massa enfeinat** aquí, a Ratalona, a la redacció...

—Però si ja li he dit a Ratèsia que havies acceptat la invitació!

—**Quina invitació?!?**

—Ah, no t'ho he dit? Has estat escollit per fer de membre del jurat d'aquest certamen poètic tan important, els Jocs Florals!

—Que jo... seré membre del jurat? No puc pas fer-ho! És més, no ho vull, de cap manera! —vaig exclamar.

Per mil formatges de bola, la poesia m'agrada (i Ratèsia, ai, Ratèsia, quina rosegadora!), però... això no vol dir que sigui capaç de jutjar els mèrits en un PREMI de poesia.

Aquest cop estava ben decidit: NINGÚ no seria capaç de convence'm.

En aquell moment la porta es va obrir de bat a bat i va desembarcar a la redacció el meu avi, **Berenguer de Drap**, més conegut com el Tanc.

—Nét meu, encara ets aquí? Va, espavila't, que m'ha trucat Ratèsia! Has d'anar immediatament a Barcelona! Au, va, AFANYA'T, AFANYA'T!

—Però avi, si jo... —vaig intentar protestar.

—Els Jocs Florals són un concurs importantíssim! És un CERTAMEN literari d'orígens medievals! M'he documentat, jo!

—Sí, és clar... però la veritat és que... —vaig balbucejar.

ELS JOCS FLORALS

El 23 d'abril se celebra la festa de Sant Jordi, el sant cavaller patró de Catalunya que va salvar la princesa del drac malvat, de la sang del qual va fer néixer un roser de roses vermelles.

Però el 23 d'abril també és el Dia del Llibre, per honorar la mort de l'escriptor Cervantes. En aquesta diada és tradició regalar una rosa i un llibre, que es venen a les paradetes que hi ha escampades pertot arreu.

EN OCASIÓ DE LA FESTA DE SANT JORDI SE CELEBRA EL CERTAMEN LITERARI ANOMENAT ELS JOCS FLORALS.

Els Jocs Florals tenen uns orígens antiquíssims (es remunten a l'Edat Mitjana!), i es diuen així perquè els guanyadors obtenen flors o premis en forma de flor.
La cerimònia de lliurament de premis es fa el dia de Sant Jordi, al Saló de Cent de l'Ajuntament de Barcelona.

ÉS UNA GRAN FESTA!

—És que res! Cap a Barcelona hi falta gent! Hauries de sentir-te honorat de formar part del jurat d'uns premis tan antics! I, a més, ho aprofitaràs per escriure'n una crònica detalladíssima! Fes el favor, eh?

Vaig sospirar.

Tot era inútil, ja ho sabia.

Com sempre, l'avi Berenguer de Drap, el Tanc, no s'hauria avingut a RAONS!

Per això em vaig afanyar a preparar les coses per marxar cap a Barcelona. Poc després ja era dalt del TAXI amb Martin Gala, que declamava els seus versos sense parar.

Al taxista li va recitar un poema molt breu:

-Un vers breu però amb tot el cor: ets veloç i ens has dut a l'aeroport!

Després, i sempre en veu alta, va dedicar un poema d'**amor** a l'hostessa, i un sobre les **flors** a la seva veïna de vol.

Així que vam baixar de l'avió a Barcelona, va reprendre les **DECLAMACIONS**, sempre en veu alta.

El taxista català ens va llançar una mirada **ASSASSINA**.

I jo, ja us ho podeu imaginar, mort de vergonya.

Per fi vam arribar a la biblioteca, on ens havíem de trobar amb Ratèsia.

Mentre jo **PAGAVA** el taxista, Martin Gala va posar-se a recitar una mena de tirallonga que havia après vés a saber on:

llà a l'Etiòpia hi havia un rascallum. / Tenia una gran bar li deien Barbabum. /Barbabum, Barbabum, Barbabum.

Escarritx! Jo que intentava **entendre** el taxista, que parlava en català i em deia l'import de la carrera, i per l'altra orella sentia Martin Gala, que no parava de recitar.

Aleshores vaig demanar-li:

—Martin Gala, vols fer el favor de **callar** dos segons?

Però ell com si res, vinga cridar.

Fins que al final vaig explotar:

—**PROOOOU! PROU, PROU, PROU** de tantes poesies o pararé boig!

En aquell instant vaig sentir algú que estossegava darrere meu.

Era Ratèsia!

La bellíssima, l'encantadora, l'extraratàtica **bibliotecària** de Barcelona!

I jo que acabava de dir que no volia sentir més poesia!

Escarritx! Quina manera de fer el ridícul!

UN, DOS, TRES, LA POESIA ÉS COM UN BES

Així que vaig veure Ratèsia, em vaig FONDRE com un gelat!

M'hi vaig acostar per saludar-la i vaig intentar compensar el RIDÍCUL que havia fet abans:

—Ra... Ratèsia, tu... tu ja saps que a mi... a mi això de ser a Barcelona i tot... tot això dels Jocs Florals m'agrada molt. Ehem... Martin Gala m'ha distret mentre pagava el taxista i...

Ratèsia em va mirar sense dir res.

—Creu-me... jo... a mi m'encanta la poesia, sobretot... sobretot... —vaig continuar.

Martin Gala va ACABAR la frase per mi (però, naturalment, a la seva manera!):

-Sobretot m'agrada la poesia quan la recites davant de la masia!

Em vaig posar vermell com un perdigot, però per sort... Ratèsia es va **PETAR** de riure.

Quina rosegadora! Amb aquell somriure encantador!

Ratèsia ens va dir:

—Estic molt contenta que sigueu aquí! Veniu, veniu, que us vull presentar els altres membres del **jurat**.

La seu dels Jocs Florals era una sala molt bonica a l'**Ajuntament de Barcelona**.

Els altres membres ja ens estaven esperant.

Ratèsia ens va presentar un a un.

El primer era un jove talent, **Jaume Formatge**, un rosegador alt i prim amb una vistosa corbata de color carbassa. La segona era la severíssima crítica literària *Dolors Gramàtica*. Per acabar, hi havia el poeta i professor Mató de la Gleva, que no s'havia perdut ni una edició des de feia vint anys!

El professor de la Gleva era un rat, honrat, és clar, però molt tranquil i xerraire.

Em va saludar d'aquesta manera:

—Ah, benvolgut i jove Geronimo! Podríem parlar hores i hores dels Jocs Florals! Li podria explicar un munt d'anècdotes sobre aquest certamen...

Martin Gala el va interrompre de sobte:

—Doncs jo ja estic a punt per al certamen. Modestament, sóc un CAMPIÓ en qualsevol camp poètic! Voleu una poesia d'amor? En tinc una d'enllestida, acabada de sortir del forn! Escolteu: *T'adoro, formatgeta, perquè ets fresca i olorosa, tota tu fas pensar en una albada formosa!*

DELS JOCS FLORALS

Vaig intentar d'aturar aquell espec... ES-TRANY espectacle fora de programa i vaig balbucejar avergonyit:

—L'heu de perdonar... ehem... el meu cosí...

Però Martin Gala era IMPARABLE.

—Per què ho dius, això, cosinet? Això és art! Preferiu un poema més alegre? Escolteu això: *Tral·larà, tral·larera, aquest matí he sortit a l'era / tral·larà, tral·larera, estic content perquè ja sento la primavera...*

—Vols fer el favor de callar? És el poema més **ridícul** que he sentit mai —vaig fer jo exasperat.

Per sort, la intervenció de Ratèsia em va salvar (quina rosegadora, Ratèsia!):

—Senyor Martin Gala, entenem el seu desig de fer-nos conèixer la seva *poesia*, però em penso que valdria més fer-ho en un moment més adequat, quan tots puguem escoltar-lo amb més **atenció**, no l'hi sembla?

Martin Gala, colpit, la va observar en silenci.

Ratèsia va continuar:

—Podrà declamar un dels seus poemes durant el lliurament de premis, com a «POETA CONVIDAT ESPECIAL», fora del certamen.

—Poeta convidat especial! Sona bé, això! —va dir Martin Gala, ben content—. I voleu saber què diré? Pensava que...

Per mil formatges de bola, ja estava a punt de reprendre la **DECLAMACIÓ**.

—Estimadíssim, no ens reveli **res!** —va exclamar en aquell moment el professor de la Gleva—. Val més que vagi a preparar-se! Jo sempre ho faig quan he de parlar davant del públic! Busco un lloc **agradable** i tranquil per preparar el meu discurs!

—De debò, professor? Gràcies, de fet estava avaluant la possibilitat de començar per un parell d'odes al **MATÓ DE MONTSERRAT** i...

—És clar, però ara vagi, vagi...

Per fi Martin Gala va marxar a la recerca d'inspiració.

I nosaltres vam poder dedicar-nos a les poesies dels **Jocs Florals!**

UNA POESIA N'ESTIRA UNA ALTRA

La lectura i l'avaluació de les *poesies* presentades als Jocs Florals va ser apassionant! Hi havia poemes d'amor, poesies èpiques, poemes còmics!

I tots eren extraràtics!

Després d'hores de deliberar, per fi vam escollir **TRES FINALISTES**.

Però encara no ens havíem posat d'acord sobre el guanyador!

—Podríem llegir en **VEU ALTA** els tres poemes per sentir-ne l'efecte... —va proposar Jaume Formatge.

—Estic d'acord amb el jove col·lega —va dir

Mató de la Gleva—. La poesia és una forma d'art que s'ha de **RECITAR** en veu alta!

Vam posar-nos-hi de seguida, llegint per torns.

El primer era el poema d'amor:

La segona poesia estava inspirada en la llegenda de Sant Jordi:

LA POESIA DE
MENUDETA DE PLATEA
Gènere: èpic

No ploris més, formosa princesa,
que el cavaller no porta disfressa.
Aniquilarà el drac amb coratge i ardit
i amb passió esdevindrà el teu marit.

La tercera poesia, en canvi, era una sèrie de **rodolins còmics**:

LA POESIA DE
RATET CONTENT
Gènere: còmic

No hi ha rosa sense espina,
però jo prefereixo la plastilina.
No hi ha música sense flabiol,
però el músic no es diu Oriol.

Al final vam decidir-nos pel poema de Ratet Content, per la seva **simplicitat** i **alegria**.

Mató de la Gleva va quedar molt satisfet amb la decisió: pensava posar-se tot seguit a escriure el **DISCURS** del lliurament de premis.

—Em vaig a preparar, com ja us he dit tinc el costum de retirar-me a un lloc tranquil quan vull *escriure* alguna cosa! —va dir-nos.

Després ens va saludar i va allunyar-se en busca d'inspiració.

VA PASSAR UNA HORA.

El professor encara no havia tornat.
I jo estava UNA MICA PREOCUPAT.

VAN PASSAR DUES HORES.

El professor encara no havia tornat.
I jo ja estava MOLT PREOCUPAT.

VAN PASSAR TRES HORES.

El professor encara no havia tornat.
I jo estava PREOCUPADÍSSIM.

? ? ? ? ? ? ?

ON S'HAVIA FICAT EL BON PROFESSOR?

INVESTIGACIÓ A LA CIUTAT

Faltava menys d'una hora per a la cerimònia del lliurament de premis.

Al professor de la Gleva encara no se'l veia per ENLLOC!

No quedava més temps.

Havíem de trobar-lo com fos, com abans millor!

Ens vam repartir les feines.

Jaume Formatge va avisar la POLICIA i va anar a la comissaria.

Dolors Gramàtica va TE-LEFONAR a tots (però allò que se'n diu tots, tots!) els parents i amics del professor per saber si en sabien alguna cosa o si havien parlat amb ell aquella tarda.

Ratèsia i jo vam decidir sortir a buscar-lo.

SÍ, PERÒ ON?

Fora de la sala dels lliuraments ens vam trobar Martin Gala.

—Cosí! —va dir CORRENT cap a nosaltres—. He cercat inspiració en un lloc agradable i tranquil, tal com m'ha suggerit el professor!

Vaig adonar-me que tenia una gran LLÀNTIA DE SUC als pantalons.

—I quin lloc millor que un restaurant de Barcelona —va prosseguir ell—, on es poden tastar tots els requisits de la cuina catalana?

Després, tot content, em va entregar un full de paper, arrugat, greixós i untat: era el seu poema!

—Llegeix, llegeix, cosí, i ja em diràs el que et sembla! Mal m'està el dir-ho, però em sembla que...

—És que ara no tinc temps, Martin Gala! —vaig dir jo plegant el FULL per posar-me'l a la butxaca—. El professor de la Gleva ha desaparegut! I la CERIMÒNIA de lliurament començarà d'aquí a molt poc!

—L'hem de trobar ara! —va afegir Ratèsia.

Vam córrer cap a fora, seguits de Martin Gala. Ratèsia ens va dur a la zona on hi havia totes les PARADETES de llibres (la diada de Sant Jordi, a Barcelona n'hi ha moltes, moltíssimes paradetes que venen llibres!).

Vam preguntar-ho a tots els venedors de llibres!

I a tots els venedors de roses!

I a tots els rosegadors amics seus que vam trobar pel carrer!

Tothom coneixia el professor de la Gleva.

Però aquella tarda resultava que ningú no l'havia VIST!

On deu ser?

Cada cop que ens aturàvem en una paradeta, Martin Gala ho aprofitava per comprar alguna cosa per **rosegar**: uns tacos de formatge ben sec, un entrepà ben farcit, una **BEGUDETA**...

Sí, és clar, així no m'estranya que trobés la seva inspiració.

Que bonica que és la ciutat de Barcelona!

Jo estava molt temptat de revelar els meus sentiments a Ratèsia...

Però justament quan me la mirava amb ulls més dolços que una **xocolata amb melindros**, ella es va girar i va sortir corrent mentre cridava:

—El professor Mató de la Gleva és un apassionat del **MAR!** Anem-lo a buscar a la Barceloneta o a les platges!

—Però... on vas? Com ens ho farem? La Barceloneta és molt **gran** i hi ha un munt de platges a Barcelona... —vaig balbucejar.

Però Ratèsia ja corria carrer enllà.

Martin Gala, mentrestant, s'havia aturat per trobar... uns grams més d'**inspiració!**

No em quedava cap altre remei que buscar el professor de la Gleva per la banda oposada a la de Ratèsia.

Vaig córrer com un boig, d'una platja a l'altra, buscant el professor a cada bar, a cada banc, a cada parc.

Però no el vaig trobar.

UN RATOLÍ TRANQUIL... POTSER UNA MICA MASSA TRANQUIL!

Quan vaig tornar al punt de partida, després d'haver recorregut **totes** les **platges** de Barcelona, estava rebentat, mort, **FET POLS!**

Ratèsia m'esperava amb una expressió **resignada**: ella tampoc no havia trobat el professor.

Ja era l'hora de la posta i només faltaven trenta minuts per al lliurament dels premis.
Vam tornar corrents a la sala del certamen: no podíem DESIL·LUSIONAR els participants i arruïnar la festa dels Jocs Florals!
Però Ratèsia estava amoïnada, Martin Gala tenia una expressió estranya i jo... bé, necessitava RENTAR-ME les potes!
Vaig afanyar-me a trobar un lavabo.
Al pis de baix no en vaig trobar cap, per això vaig pujar les escales i vaig ficar-me per un passadís LLARGUÍÍÍÍÍÍSSIM ple de portes que totes eren iguals.
L'última porta tenia una **clau** al pany: vaig pensar que devia ser el lavabo...
tot i que era una mica estrany!
Normalment als **lavabos** es posa la clau a la banda de dins!

Vaig girar la clau, vaig obrir la porta i... allí dins vaig trobar el professor de la Gleva, assegut a l'escriptori... i profundament adormit!

L'havíem buscat per tot Barcelona i ell, mi-te'l, no havia ni sortit de l'edifici de l'ajuntament!

M'hi vaig atansar i li vaig posar una POTA a l'espatlla:

—Professor...

—Geronimo Stilton! —va exclamar ell, que s'havia despertat amb un sobresalt—. QUÈ HI FAS, AQUÍ?

—Més aviat què hi fa vostè, professor?

—M'hi havia ficat perquè buscava un raconet tranquil per *escriure* el meu discurs del lliurament dels premis i l'anunci del guanyador..., però algú ha TANCAT la porta, pensant-se que no hi havia ningú! Aleshores jo m'he assegut i m'he posat a escriure... i em dec haver **adormit!**

I era així, el professor de la Gleva era un rat honrat, és clar, però molt tranquil...

POTSER UNA MICA MASSA!

UN CONCURS ANTIC PER A UN GRAN AMIC!

Vam arribar corrent a la sala de lliurament dels premis, que ja era plena de rosegadors!

I per fi va començar la CERIMÒNIA.

Ratèsia va pujar a l'escenari. Jo l'estava seguint quan Martin Gala va **estirar-me** l'americana.

—Ehem... cosí, em sembla que no me'n sortiré... —em va dir.

Martin Gala tenia un atac de timidesa? **QUE ESTRANY!**

—És clar que no em vull perdre la cerimònia... però potser ha estat per culpa de córrer

amunt i avall... o dels tastets exquisits... o la **inspiració**..., però el cas és que no puc recitar la meva poesia! Vull dir que... he d'anar al **vàter!!!**

Vet aquí per què es comportava d'aquella manera tan estranya!

—T'encarrego una feineta, que a més serà un gran honor per a tu, el meu estimat, estimadísssim cosí... Has de llegir la meva poesia aquest vespre!

—Quina... quina poesia, Martin Gala? —vaig començar a balbucejar.

—Aquella que t'he donat fa una estona, aquella escrita amb tanta inspiració...

En aquell moment Ratèsia em va cridar a l'escenari, i per això vaig deixar Martin Gala i em vaig unir a la resta del jurat.

Mentre el professor Mató de la Gleva anunciava el guanyador i li entregava l'Englantina d'Or, vaig treure'm de la butxaca la poesia de Martin Gala. Quina porqueria! Aquell full tan llardós era una col·lecció de TAQUES enganxifoses, GUIXOTS i DITADES de tinta pertot arreu. Per mil formatges de bola! No s'entenia ni un borrall!

Aleshores Ratèsia va anunciar al públic que jo llegiria la poesia de Martin Gala.

És a dir... AQUELLA poesia!

Aquell full llardós i incomprensible!

Però no podia deixar el meu cosí a l'estacada! Ni els meus amics de Barcelona.

I sobretot... no podia DECEBRE Ratèsia!

Em vaig trobar amb el MICRÒFON a la mà. Aleshores vaig fer veure que llegia, però en realitat vaig improvisar un poema en aquell precís instant:

He de dir alguna cosa del llibre i de la rosa.
I de qui és un bon amic,
ara mateix us ho dic:
l'amistat no té fronteres
quan els amics són de veres.
Un amic de debò el duem al cor,
és un lligam bonic i pur com l'or.
Tant hi fa que siguis a Barcelona
o que visquis lluny, a Ratalona.
Les coses que fem i somiem plegats
ens fan millors rosegadors, millors rats.
De l'amistat de tots els pobles
en sortirà una cosa:
una germanor que florirà com una rosa.

Quan vaig haver acabat de llegir (bé, de fer veure que llegia!), la sala va prorrompre en **aplaudiments**.

Per a tu!
Gràcies!

Martin Gala estava commogut; fins i tot la professora Dolors Gramàtica somreia.

Ratèsia se'm va apropar (ai, quina rosegadora!) amb una capseta.

De dins en va treure una **agulla** amb forma de rosa i me la va enganxar a la solapa de l'**AMERICANA**.

—Això és per a tu, Geronimo —em va dir Ratèsia amb un somriure meravellós—. És per recordar-te que ets un bon amic per a tots nosaltres, és per això que et volem oferir el símbol dels **Jocs Florals** i d'aquesta diada!

Vaig mirar-me l'agulla amb orgull: era un regal preciós i únic.

A Catalunya, en la diada de Sant Jordi s'ofereixen llibres i roses.

Jo havia rebut aquella rosa tan especial i volia oferir alguna cosa a canvi: un lli-bre també especial.

Un llibre que encara no existia i que havia d'escriure tant sí com no!

I vet aquí com va néixer aquesta història extraràtica que acabeu de llegir.

Perquè hi ha dies... diades que són molt especials... i amics que són encara més especials!

Paraula de Stilton, Geronimo Stilton!

ÍNDEX